UN ANGE

ET

UN ENFANT

OU

LES ESPÉRANCES DE JOSEPH AU DÉSERT

RÉCRÉATION LYRIQUE POUR LA JEUNESSE, EN FORME D'ORATORIO

facile à exécuter dans les salons ou à l'occasion des distributions de prix
par de jeunes demoiselles seules ou par de jeunes garçons

AVEC LA HAUTE APPROBATION DE SON ÉMINENCE LE CARDINAL DONNET
ARCHEVÊQUE DE BORDEAUX

PAROLES DE M. L'ABBÉ GABRIEL SERVAT
curé-doyen de Bourg

MUSIQUE DE M. FERROUD
compositeur et professeur d'harmonie

DE M. D'ETCHEVERRY
chevalier du Christ, compositeur, professeur, organiste

ET DE M. C. L***

> Si vous donnez asile à l'un de ces jeunes en-
> fants, en mon nom, vous me recevez moi-même.
> (MATT., XVIII, 5.)

SE VEND POUR DE BONNES ŒUVRES

DEUXIÈME ÉDITION

BORDEAUX

IMPRIMERIE DE J. DELMAS
RUE SAINTE-CATHERINE, 159

1868

UN ANGE

ET

UN ENFANT

LAIS
SEZ
VENIR A MOI
LES PETITS
EN-
FANTS

Si vous donnez asile à l'un de ces jeunes enfants, en mon nom,
vous me recevez moi-même.   (MATT., XVIII, 5.)

UN ANGE

ET

UN ENFANT

ou

LES ESPÉRANCES DE JOSEPH AU DÉSERT

RÉCRÉATION LYRIQUE POUR LA JEUNESSE, EN FORME D'ORATORIO

facile à exécuter dans les salons ou à l'occasion des distributions de prix
par de jeunes demoiselles seules ou par de jeunes garçons

AVEC LA HAUTE APPROBATION DE SON ÉMINENCE LE CARDINAL DONNET

ARCHEVÊQUE DE BORDEAUX

PAROLES DE M. L'ABBÉ GABRIEL SERVAT

curé-doyen de Bourg

MUSIQUE DE M. FERROUD

compositeur et professeur d'harmonie

DE M. D'ETCHEVERRY, CHEVALIER DU CHRIST

compositeur, professeur, organiste

ET DE M. C. L***

———— ❭❬❭❭ ————

SE VEND POUR DE BONNES ŒUVRES

———— ❭❬❭❭ ————

DEUXIÈME ÉDITION

BORDEAUX

IMPRIMERIE DE J. DELMAS

RUE SAINTE-CATHERINE, 159

1868

APPROBATION

DE S. ÉM. LE CARDINAL DONNET

ARCHEVÊQUE DE BORDEAUX

Bordeaux, le 23 septembre 1868.

Monsieur le Doyen,

Je vous remercie de l'hommage que vous avez bien voulu me faire de votre opuscule intitulé : *Un Ange et un Enfant*. J'ai lu avec un vif intérêt cette œuvre nouvelle ; c'est dès lors pour moi un besoin de vous offrir mes sincères félicitations, et pour le but que vous vous êtes proposé, et pour la forme attrayante que vous avez donnée à votre sujet.

Je bénis votre entreprise : c'est là un encouragement et une récompense qui vous sont dus. Plus les publications où la jeunesse peut puiser de bons et solides principes sont devenues rares, plus nous devons apprécier celles qui font passer dans le cœur des enfants de la génération présente le culte du vrai et du beau. Continuez, Monsieur le Doyen, à consacrer à cette œuvre utile vos récréations et votre talent.

Agréez, Monsieur le Doyen, l'assurance de mes meilleurs sentiments.

† Ferdinand Cardinal DONNET,
archevêque de Bordeaux.

UN ANGE ET UN ENFANT

EXTRAIT DU JOURNAL LA GUIENNE

Un Ange et un Enfant, ce titre vaut un éloge. L'Ange est le *fils* aîné de la *Lumière,* l'habitant de la gloire, et quand il se voile et se manifeste tout à la fois sous la forme humaine, des rayons s'échappent de son visage, de sa tunique, de ses ailes d'or. On dit : *beau comme un ange.* L'Enfant est le type de ce qui ressemble le plus à la gloire, de ce qui commence la gloire, de l'innocence, de la grâce. L'Évangile a dit : *le royaume des cieux lui ressemble.* Quand ces deux fils de Dieu et de l'homme se rencontrent quelque part, ils s'attachent l'un à l'autre comme le lierre au chêne. Tandis que l'Enfant tend ses bras vers l'Ange, l'Ange l'enlace et le couvre des siens. Tel est le thème développé par M. Servat, curé de Bourg, dans un *oratorio* dont MM. Ferroud et d'Etcheverry ont composé la musique.

— L'oratorio ne vit plus que dans une partie de lui-même, restreint à quelques églises de Rome où il se mêle aux solennités religieuses, à quelques églises de Paris où, le vendredi saint, les sept paroles de Jésus-Christ sur la croix sont alternativement interprétées par la parole du prédicateur et par les archets de Haydn ou de Bach. L'oratorio ne monte plus sur la scène. Les émotions qu'il était destiné à traduire ne sont plus du goût du public qui hante le théâtre. Il faut donc savoir gré à M. Servat de le ramener même parmi les petites pièces d'école et de famille, là où il trouvera des acteurs, un auditoire dignes de lui.

Mais quel est cet ange, quel est cet enfant qui, au milieu des chœurs de coryphées et de vierges, en font le nœud et l'intérêt? C'est l'ange d'Ismaël dont tout le monde a lu l'histoire, l'ange du désert qui donna le pain à la faim dévorante, l'eau vive à la soif désespérée d'Agar, qui reparaît à l'ombre des palmiers et des lauriers fleuris de Pharan. C'est l'ange de l'espérance dont le nom est

> ..... plus doux qu'une douce harmonie,
> Pour consoler les cœurs, même au sein du trépas.

Cet enfant est plus connu encore. C'est Joseph, Joseph vendu par ses frères. Joseph qui, pendant le repos de la caravane étrangère, pleure son exil dans un rhythme où on le reconnaît :

> La haine injuste m'environne,
> Hé quoi ! je guidais les troupeaux :
> En vivant comme mes agneaux,
> Je n'ai fait de mal à personne !
>
> Je ne verrai plus de Béthel
> Reverdir l'odorant feuillage;
> Sichem où fleurit mon jeune âge,
> Hébron où repose Rachel !

Cette poésie, pure, fraîche, transparente comme une aurore d'Orient, découle de toutes les lèvres ouvertes autour de l'Ange et de l'Enfant pour chanter la Providence, la piété et la vertu. On dirait des strophes dérobées à Métastase cueillant les plus suaves fleurs sur les pentes du Calvaire. La sainte Écriture s'y traduit avec une ineffable douceur par la bouche de l'Ange :

> Si la mère oubliait de porter sa mamelle
> Aux lèvres de l'enfant que son flanc mit au jour,
> Le Seigneur garderait, ainsi que la prunelle,
> L'enfant abandonné du maternel amour.

Quand le messager céleste annonce à Joseph, comme autrefois à

Ismaël, ses destinées futures, sa prophétie, qui est comme le dénouement de la pièce, reste simple et naïve dans sa grandeur :

> Vers la voûte d'azur, quand la nuit tend ses voiles,
> Élève ton regard. Peux-tu compter ses feux ?
> Le nombre de tes fils égale les étoiles
> Que le doigt du Seigneur fait scintiller aux cieux.

Joseph nous découvre la source de l'atmosphère si pure où baigne toute cette scène ; il en résume la morale et en fait respirer le parfum dans ce vers :

> Je sens que la candeur me fait ange moi-même.

Voilà la fiction. Mais cette fiction atteint une précieuse réalité. Joseph, c'est l'enfant pauvre à soutenir au petit Séminaire ; l'Ange, c'est le pasteur, c'est M. Servat éditant son œuvre, pour créer par elle des milliers d'anges protecteurs à l'enfant pauvre. Qui résistera à cette séduction de la poésie et de l'harmonie couronnées de cette parole de l'Évangile : *Si vous donnez asile à l'un de ces jeunes enfants, en mon nom, vous me recevez moi-même?*

Cirot de La Ville,
chanoine honoraire.

AUX DAMES PATRONNESSES

A TOUS LES AMIS DU SÉMINAIRE

———————

Parmi les œuvres qu'inspire la charité, la plus excellente assurément est celle des séminaires, puisqu'elle a pour but de
fertiliser le germe précieux où doivent fleurir toutes les gloires
de la religion. Vos enfants, ô Seigneur! sont autour de votre
autel comme de jeunes plants d'olivier : *Filii tui sicut novellæ
olivarum in circuitu mensæ tuæ;* mais comment deviendraient-ils
l'arbre de vie, le sacerdoce, sans la rosée de l'obole chrétienne
par laquelle ils grandissent?

Oui, c'est l'obole qui fait le prêtre; car s'il est vrai que Dieu
convie souvent les grands à son autel, on ne pourrait nier que le
sacerdoce se recrute plus souvent encore dans l'indigence. Parce
que le riche laisse tant de fois s'obscurcir le souvenir de sa vocation, au milieu du tumulte du monde, et parce qu'il appartient à
Dieu d'accomplir les grandes choses par de faibles moyens,
l'Église vient frapper à la chaumière du pauvre, à l'atelier de
l'artisan, et répète toujours : « Donnez-moi vos fils sans craindre
l'indigence, car la charité va les prendre dans ses bras puissants
pour les porter dans le sanctuaire. » Ainsi se perpétue le miracle commencé il y a dix-neuf siècles : douze pêcheurs ont
changé la face du monde!

Heureux donc ceux qui travaillent à cette œuvre admirable!

Nous voudrions y travailler nous aussi, et, peut-être, plus vivement que plusieurs autres; car des enfants pieux, éprouvés, nous enveloppent de leurs regards ardents et candides, en nous demandant le pain du séminaire. Quand le prêtre est pauvre, il sent son cœur se serrer, en présence d'un tel désir. *Parvuli petierunt panem, et non erat qui frangeret eis.* « Les petits enfants ont demandé du pain, et il n'y avait personne pour leur en donner.»

Dans notre pénurie, le Dieu de l'enfance nous a inspiré la pensée d'écrire, en forme d'*oratorio*, une composition lyrique; d'essayer de la vendre, comme notre *Pèlerinage à Notre-Dame des Ermites*, et d'en consacrer le prix à soutenir un peu quelques élus du sanctuaire.

A qui pourrions-nous mieux recommander cet essai poétique qu'à vous, Mesdames, dont le zèle, la charité, soutiennent les séminaires d'une manière si puissante? Vous pouvez tant de choses! Ah! ne permettez pas qu'un seul de nos enfants périsse!

Nous la recommandons à vous aussi, nos bons et bien chers confrères, à vous surtout dont la vocation naissante a eu peut-être pour appui les bons désirs d'un pauvre prêtre. *Rememoramini pristinos dies....*

En dehors de son but charitable, l'oratorio récréatif que nous présentons à la charité apporte avec lui quelques avantages qui lui feront pardonner sa forme lyrique, inséparable de quelques prétentions littéraires, en apparence, et sous laquelle tant d'obscénités passent aujourd'hui dans le monde.

Nous dirons d'abord que, n'étant qu'un tissu de textes de la sainte Écriture, il suffira d'en déclamer souvent les vers pour graver les maximes saintes dans l'esprit comme dans le cœur.

Nous ajoutons, en second lieu, que le sujet tout entier n'est réellement qu'un hymne à la Providence, dont l'intervention miraculeuse fait triompher l'innocence devant le crime, la faiblesse devant l'injuste puissance. Est-il nécessaire de propager ces doctrines dans l'atmosphère d'égoïsme qui nous étouffe?

Nous savons enfin qu'il importe infiniment à l'innocence de la vie de faire aimer à la jeunesse, par des joies pures, l'intérieur de la famille, et de chasser de certains salons ces romances banales, dangereuses, dont le moindre inconvénient est d'effrayer la mère chrétienne ou d'assoupir les vieillards. N'aurons-nous pas travaillé à diminuer ces périls, par la création d'une scène biblique, puisée, par conséquent, dans ses inspirations, aux sources de la vertu; par une pièce chantée qui doit mettre en action, non-seulement la jeunesse de la maison, mais un nombre indéterminé de jeunes compagnes? Presque tous les chœurs des vierges ou les diverses strophes de l'ange, détachées du sujet, peuvent être interprétées comme romances chrétiennes.

Que Dieu bénisse notre bon dessein, par les anges dont nous allons raconter la divine amitié pour l'enfance, en accordant à notre nouvelle quêteuse quelques parcelles de cet or avec lequel on fait tant de bien et tant de mal!

AVANT-PROPOS ESSENTIEL

POUR

LA MISE EN SCÈNE ET L'EXÉCUTION

DE L'ORATORIO

Marche des Ismaélites.

Après l'inique marché qui leur avait livré Joseph, en qualité d'esclave, les Ismaélites quittèrent Dothaïn et traversèrent le désert de Pharan, pour aller vendre leurs parfums en Égypte. On sait que ce désert, habité par Agar et son fils, fut le berceau des tribus d'Ismaël.

Oasis de Pharan.

C'est dans une oasis de Pharan, à l'ombre des palmiers et des lauriers en fleur, auprès des sources vives, que se déroule la scène que nous allons décrire. Tandis que la caravane se livre au repos, les filles des pasteurs ismaélites viennent aussi se délasser au bord des fontaines, quand elles aperçoivent Joseph, retiré à l'écart afin de donner un libre cours à sa douleur.

Comment la représenter ?

La scène représente un lieu planté d'arbustes. Au milieu des gazons, coule une fontaine qui tombe des rochers dans un bassin d'eau vive. Des lauriers-roses, de la mousse, quelques pierres,

une grande glace posée horizontalement, reproduisent parfaite-
ment bien toutes ces choses.

Parure des vierges de Pharan et leur attitude.

Les jeunes filles des pasteurs, les vierges de Pharan, forment
une demi-couronne au fond de la scène. Elles doivent être vêtues
uniformément, soit à l'orientale, soit en robes blanches, avec
des fleurs sur la tête et dans les mains. Ce groupe, que nous
appellerons *le chœur des vierges*, ne se lie qu'indirectement au
sujet principal, par quelques réflexions sur les paroles de l'Ange
ou de Joseph.

Costume et place de Joseph sur la scène.

Joseph se place à droite, en avant de la scène, près du bassin
de la fontaine. Il est coiffé d'un turban et vêtu d'une robe aux
couleurs variées. Avant de commencer à parler, il s'appuie sur
un arbrisseau ou sur un rocher, les yeux baissés vers la terre.

Parure de l'ange.

L'ange tient un lis à la main droite; il est couronné de la
même fleur et porte un rubis sur le front. Sa robe blanche est
très-ample, d'une gaze très-légère.

Le chant.

L'oratorio devrait être chanté en entier pour avoir son vrai
caractère, et la musique complète serait son plus bel ornement.
Cependant, on peut se borner à la répétition du chœur général,
dans les circonstances marquées, à l'exécution du chant des
vierges, au chant de l'ange, quand sa voix se fait entendre dans
le lointain. Le chœur général peut être soutenu avec avantage
par des sujets qui ne sont point en scène. A la rigueur, son exé-

cution réitérée suffira pour donner l'animation à la marche de la pièce. Dans ce dernier cas, chaque strophe des vierges peut être déclamée par une voix différente. Ce mode de dire les vers apportera des grâces au récit par la variété des timbres, tout en faisant plaisir aux jeunes personnes par la multiplicité des rôles.

Il sera facile de s'entendre avec l'auteur de la poésie pour se procurer, à un prix bien réduit, la musique que l'on voudra faire exécuter, et dont la composition, simple autant que gracieuse, est l'œuvre de maîtres très-distingués.

Les coryphées.

Les coryphées sont les premières voix du chœur des vierges. Ces voix chantent en duo, trio, etc.

La diction.

On ne sera pas surpris d'entendre des jeunes filles exprimer des pensées dont la notion semble dépasser leur âge. Dans un temps où les communications divines étaient si fréquentes et les traditions surnaturelles encore si vivantes, jusque dans le désert de Pharan, les connaissances religieuses étaient familières même à l'âge le plus tendre. Du reste, il sera facile de supposer un reflet de l'inspiration divine, dans un sujet dont le héros devait avoir dans le monde une mission si providentielle. Toute la diction doit revêtir un peu cette teinte.

Cependant, il ne faudrait pas donner à la pièce plus d'action que n'en comportent un oratorio et la modestie d'une jeune fille.

Enfin, on se souviendra que les apparitions des anges furent toujours des scènes aussi simples que touchantes.

NOTA. Pour substituer les jeunes garçons aux jeunes personnes, il suffit de changer quelques rares paroles, ainsi que le costume, qui doit cependant toujours conserver le type oriental.

UN ANGE ET UN ENFANT

CHŒUR GÉNÉRAL.

Dieu seul est bon, Dieu seul est grand !
 Il venge l'innocence
 Et la timide enfance....
Peuples, chantez son bras puissant !

CHANT DES VIERGES.

Auprès de ces rives fécondes,
Où les palmiers sèment leurs fleurs,
Quel est cet enfant dont les pleurs
Se mêlent au doux bruit des ondes ?

Si jeune et déjà malheureux !...
Peut-être il pleure la patrie ?
Sans mère, à l'aube de la vie,
Peut-être il l'appelle en ses vœux ?

Mes sœurs, écoutons en silence....
Dans ses pleurs soyons de moitié ;
Prêtons à ses maux la pitié :
La pitié calme la souffrance.,..

JOSEPH.

Abaisse ton regard vers moi,
Seigneur, et fais tarir mes larmes,
Si l'innocence a quelques charmes
Qui de mon cœur montent vers toi...

La haine injuste m'environne!
Hé, quoi!... Je guidais les troupeaux :
En vivant comme mes agneaux,
Je n'ai fait de mal à personne!

Je ne verrai plus de Béthel
Reverdir l'odorant feuillage;
Sichem, où fleurit mon jeune âge,
Hébron, où repose Rachel!

Jacob, sous le chêne des larmes,
Pleure peut-être mon trépas;
Et moi, son fils, je n'irai pas
Porter la paix à ses alarmes!

CORYPHÉES.

Que le Seigneur,
O jeune frère!
Un jour ramène sur ton cœur
Ton père!

JOSEPH.

Joseph, vois-tu du balisier
La frêle couronne insultée?
Vois-tu, sur les flots emportée,
Fuir la dépouille du rosier?

Hélas! ta vie à peine éclose
N'a fait qu'entrevoir son printemps;
Comme ces fleurs, sous les autans,
Comme ces débris de la rose.

Mais du moins, ô charmantes fleurs!
Rien n'a troublé votre jeunesse;
Vos pleurs ont brillé d'allégresse,
Et vous passez sans mes douleurs!

CHANT DES VIERGES.

Sa douce voix s'éteint, de sanglots épuisée :
Des glaces du trépas son cœur sent les frissons,
Et de ses yeux voilés l'abondante rosée
En perles se répand sur la fleur des buissons....

. . . .

Mais voyez avancer cette forme céleste :
Quoi! l'ange d'Ismaël reviendrait en ces lieux?...
Quand tous nous ont trahi, le seul ami qui reste,
C'est donc l'ange des pleurs, pour essuyer nos yeux.

L'ANGE (chantant derrière les fleurs).

Si la mère oubliait de prêter sa mamelle
Aux lèvres de l'enfant que son flanc mit au jour,
Le Seigneur garderait, ainsi que la prunelle,
L'enfant abandonné du maternel amour.

CHANT DES VIERGES (pendant que l'ange avance sur la scène).

D'une flamme d'en-haut son doux regard rayonne ;
Les lis, en s'enlaçant, ornent son front serein.
L'encens naît sous ses pas et notre âme frissonne
Aux accents de la voix qui fait vibrer son sein.

L'ANGE.

Apaise dans ton cœur les flots de la tristesse,
Toi que je viens bénir de la part du Seigneur.
Pourquoi le désespoir et des larmes sans cesse?
Les enfants opprimés n'ont-ils pas un vengeur?

JOSEPH.

Quelle est cettte voix étrangère
Qui redit les accents d'Hébron?...
Viens-tu me parler de mon père?
Beau messager, dis-moi ton nom!

Là-bas, où les feux de l'aurore
Dorent les portes du matin,
Mon souvenir vit-il encore?
Dis-moi, connais-tu Benjamin?

CORYPHÉES.

Onde murmurante,
Palme frémissante,
Cessez en ces lieux
Vos ébats joyeux.
Pour l'âme souffrante,
Ah! nous aimons mieux
La voix consolante
Des cieux!

L'ANGE.

Mon nom s'écrit au ciel.... Quand, pour frapper la terre,
Du céleste courroux je deviens l'envoyé,
Je m'appelle l'Effroi, le Remords, la Colère;
Et je lance la mort au monde foudroyé!

Que si de l'Éternel la tendresse infinie,
Auprès des cœurs blessés me ramène ici-bas,
Mon nom devient plus doux qu'une douce harmonie,
Pour consoler les cœurs, même au sein du trépas.

CORYPHÉES.

Dans l'allégresse,
Dans la détrese,
L'homme s'empresse
Souvent en vain;
Mais ta puissante main,
Par la force et l'amour, Éternelle Sagesse,
Conduit tout à sa fin.

JOSEPH.

O divin envoyé! que suis-je en ta présence!
Quoi! vers moi tu descends du céleste séjour!...
J'avais, il m'en souvient, en ma première enfance,
Un ange, comme toi, qui m'entourait d'amour!

Je n'ai fait qu'entrevoir son image si douce!...
Que les temps sont changés!... Entends le passereau:
Par ses cris il appelle, en tremblant dans la mousse,
Le retour de sa mère auprès de son berceau.

Et sa mère viendra le couvrir de son aile,
En lui portant le grain qu'elle a pris aux moissons ;
Puis, quand viendra briller une aurore nouvelle,
Et la mère et l'enfant mêleront leurs chansons.

Pour moi, pauvre orphelin, moi, je n'ai plus de mère !
Les méchants m'ont banni loin des champs paternels ;
Et vainement je cherche, en ma douleur amère,
Un ami.... Je n'aurai que des pleurs éternels.

L'ANGE.

Dieu prête aux jeunes fleurs leur charmante parure ;
Dieu revêt les agneaux de leurs chaudes toisons ;
Quand il ouvre sa main pour nourrir la nature,
Il dispense aux méchants le bienfait des saisons.

Et toi qui cherches Dieu dans la candeur de l'âme ;
Toi dont les jeunes ans montèrent jusqu'à lui,
Comme on voit le parfum s'exhaler dans la flamme,
Pour soutenir ton cœur, tu n'aurais pas d'appui !...

. . . .

Séraphins immortels qui contemplez ma face,
Dit la voix du Seigneur, défendez l'orphelin ;
De ses pas chancelants guidez partout la trace,
De peur qu'il ne se heurte aux pierres du chemin.

CORYPHÉES.

O Providence !
Dont la puissance

Veille sur nous
Par la présence .
D'anges si doux,
Nous te chantons, dans la reconnaissance,
A genoux,

CHANT DES VIERGES

Moins douce est la pluie argentée
Qui tremble à la coupe des fleurs,
Que tes accents dans les douleurs,
O voix par le ciel suscitée !

Le mortel qui naît pour souffrir
N'a pas le verbe qui console ;
Il ne sait bien, par la parole,
Qu'exhaler sa voix pour gémir.

Aux cieux est la source féconde
Dont le Seigneur règle le cours,
Comme le règne des beaux jours,
Pour verser la paix dans le monde,

CHŒUR GÉNÉRAL.

Dieu seul est bon, Dieu seul est grand !
Il venge l'innocence
Et la timide enfance....
Peuples, chantez son bras puissant !

CHANT DE LA CARAVANE, dans le lointain.

Vous dont le front vainqueur lutte avec les orages,
Palmiers de ces déserts, asile protecteur,
Qui nous offrez vos fruits, vos fleurs et vos ombrages,
　　　　Bénissez le Seigneur!

Messager des beaux jours dont l'aile a pour parure
Et la pourpre et l'azur, oiseau, vivante fleur;
Brise au souffle embaumé, fontaine au doux murmure,
　　　　Bénissez le Seigneur!

JOSEPH.

Si tu tiens des saintes justices
Le glaive qui veille sur nous,
Héros des célestes milices,
Où sont les traits de ton courroux?

Lorsque le serpent de l'envie
S'enlaçait dans mes jeunes pas;
Quand ses plis étreignaient ma vie,
A Dothaïn, tu ne vins pas!

L'ANGE.

Dans les décrets de sa vengeance,
Dieu met une sage lenteur,
Pour couronner la patience
Ou ramener par la douceur.

Mais sa main mesure la peine,
Lorsqu'il éprouve l'innocent ;
Et quand de pleurs sa coupe est pleine,
La Miséricorde descend.

Craignez cette lenteur céleste ;
Car elle amasse des charbons,
Dont on voit la flamme funeste,
Pervers, s'allumer sur vos fronts.

JOSEPH.

Hélas ! de ma triste paupière,
Ange, que de pleurs épanchés.
Avec cette ardente poussière,
Dans le désert seront cachés !

Sur cette plage dévorante,
Peut-être il faut que l'Éternel
Trouve une victime innocente,
Pour la mêler au sang d'Abel ?

L'ANGE.

Non, non.... Sous le Très-Haut, en paix courbe la tête,
S'il demande à tes yeux un calice de pleurs.
Pendant que tu gémis, sa justice s'apprête
A ramener la joie au sein de tes douleurs....

Quand tes larmes coulaient, je les ai recueillies ;
Je les comptais toujours en ma céleste main,
Pour les porter au ciel. Le ciel les a bénies....
Jamais larmes d'enfant ne l'implorent en vain !

CORYPHÉES.

Doux enfant, que la peine amère
En toi ne verse plus le fiel.
Espère,
Puisque ta voix monte à ton père
Du ciel.

JOSEPH.

O tendre ami de la souffrance,
Comme ta voix me rend heureux !
Je sens enfin de l'espérance.
S'éveiller en moi les doux feux.

CHANT DES VIERGES.

Comme le vent du soir, de son aile attiédie,
Du rameau fatigué vient soulever la fleur,
La voix de l'Immortel fait refleurir la vie
Et sur le jeune front ramène le bonheur....

Puisque le séraphin, cet amant de votre âge,
Pour vous porter conseil s'incline bien souvent,
Enfants, recueillez-vous ; car son divin langage
Fuit parfois aussi prompt que les ailes du vent.

Que si vous l'entendez, dans un pieux silence,
Vous parler cœur à cœur, chanter ou bien gémir,
Loin de fermer votre âme à sa douce influence,
Comme le lis en pleurs laissez-là s'attendrir.

JOSEPH.

Mais lorsque les sombres Alarmes,
S'enfuiront devant le bonheur,
Dis-moi, pour mes brûlantes larmes,
Que me réserve le Seigneur ?

Soulève encore du mystère
Le voile qui couvre mes yeux,
Et parle à Joseph, comme un frère,
Des secrets que tu lis aux cieux.

. . . .

L'ANGE. (Soutenez bien le ton de l'inspiration.)

De la captivité j'ai vu briser la chaîne
Que rivèrent en vain de criminels complots ;
J'ai vu des flots d'amour ; j'ai vu trembler la haine,
Et mourir impuissante aux portes des cachots !

JOSEPH.

Que ta promesse soit remplie :
L'enfant a besoin d'être aimé ;
Mon Dieu ! le temps sitôt délie
Le lien que le cœur a formé !

L'ANGE.

Dans les champs les plus beaux, sept ans, j'ai vu paraître
La Famine, les Pleurs, cortége du Trépas ;
Mais des présents divins le Seigneur t'a fait maître :
Les sillons fécondés blanchissent sur tes pas....

JOSEPH.

Hélas! sur la rive étrangère,
Mes larmes seront mon trésor!
Quoi! mes pleurs, en mouillant la terre,
Rendraient-ils donc des gerbes d'or?

CORYPHÉES.

Le juste a jeté la semence,
Avec les pleurs de la souffrance,
Que l'on vit tomber de ses yeux.
Mais il revient dans l'abondance,
Le cœur joyeux.

L'ANGE.

Jeune élu de mon Dieu, la foule palpitante
Entend sonner les pas de tes coursiers pompeux!
Oui, les peuples courbés baisent la main puissante,
D'où s'écoulent les biens qui s'épanchent sur eux.

JOSEPH.

Non, non!... Benjamin et mon père!
Les revoir est plus doux pour moi.
Si tu veux que mon cœur espère,
Ange, n'y sème plus l'effroi.

Par la fureur de la tempête,
Faible roseau trop agité,
Je ne veux qu'abriter ma tête
Loin de l'aquilon irrité!

L'ANGE.

Qui pourrait du Seigneur mesurer la puissance ?
Rien ne peut, un instant, résister à ses lois :
Sur le rocher désert, il sème l'abondance ;
Le roseau dans ses mains peut briser tous les rois !

CORYPHÉES.

De la céleste sphère
Qu'ébranle sa colère,
La foudre à sa voix descend
En des flots de lumière,
Comme on voit la poussière
Voler au souffle du vent.

JOSEPH.

Pourtant à sa voix puis-je croire ?
A moi, pauvre enfant, que dis-tu ?
Vois ! les bergers vivent sans gloire,
Et n'ont point des grands la vertu ?

L'ANGE.

Comme au tendre olivier paré de la jeunesse,
Dieu suspend, s'il le veut, le fruit prompt à mûrir,
Dans l'âme simple et pure il répand la sagesse,
Sans attendre les ans pour la faire grandir.

JOSEPH.

Qu'importe ! les grandeurs sont vaines.
Oui, si tu veux me protéger.

Donne-moi les fraîches fontaines.
Et laisse-moi toujours berger.

CHANT DES VIERGES.

Les plaisirs les plus doux sont ceux dont la présence
N'éveille dans le cœur ni crainte, ni remords :
Les fleurs et les agneaux, des sillons les trésors
Donnent plus de bonheur qu'une vaine puissance.

La gloire bien des fois prélude au châtiment !
La coupe où le mortel trempe une lèvre avide
A les bords doucereux ; mais le fond est aride.
Ce n'est qu'un peu de miel pour cacher le tourment.

Faites-nous donc aimer, ô divine sagesse !
La source d'où jaillit le bonheur dans la paix.
Faites que vos enfants y puisent à longs traits,
Loin des plaisirs trompeurs, une pure allégresse.

CHŒUR GÉNÉRAL.

Dieu seul est bon, Dieu seul est grand
Il venge l'innocence
Et la timide enfance....
Peuples, chantez son bras puissant !

CHANT DE LA CARAVANE, dans le lointain.

Vous, nomades tribus des gazelles légères,
Essaims plus prompts à fuir que le trait du chasseur,
Agneaux bêlant sur l'herbe à côté de vos mères,
    Bénissez le Seigneur !

Et vous, rois des forêts, dont la voix rugissante
Fait tressaillir la terre et répand la terreur ;
Vous, reptiles sifflant sous la pierre brûlante,
    Bénissez le Seigneur !

L'ANGE.

Mais si le ciel, Joseph, pour consoler ton âme,
Dans tes bras amoureux ramenait Israël ?
Si ses fils repentants de leur cruelle trame
Venaient pour te jurer un amour éternel ?

JOSEPH.

Tu fais vibrer mon cœur de toute sa puissance....
Ah ! si Dieu t'entendait ! Quoi ! ces tristes déserts
Verraient donc refleurir mon bonheur de l'enfance.
Comme on voit les printemps succéder aux hivers ?

CORYPHÉES.

    Après l'orage
    Qui ravage

Les vallons, les coteaux
La terre désolée
S'éveille consolée
Sous des rayons plus beaux.

L'ANGE.

L'orient s'est ouvert.... Vois celui qui s'avance
Dans les champs de Gessen.... Avec lui vois venir
Ses enfants à tes pieds implorant ta clémence !
Dis son nom ! C'est un père, il vient pour te bénir.

CORYPHÉES.

Frêle couronne
De jeunes sœurs,
Avant les suprêmes douleurs,
Que le Seigneur vous donne,
Pour bénir vos saintes amours,
Un père plein de jours !

JOSEPH.

Je pourrai donc en paix achever la carrière,
Où je traîne aujourd'hui les pas du pèlerin,
Puisque le ciel veut rendre, avant l'heure dernière,
A mes brûlants désirs Jacob et Benjamin ?

L'ANGE.

Il a dit : O mon fils ! quel éclat de jeunesse
Dieu plaça sur ton front ! Pour mieux voir tes appas,

Jusques sur les remparts où leur essaim se presse.
Les vierges du Jourdain accourent sur tes pas.

Vers la voûte d'azur, quand la nuit tend ses voiles,
Élève ton regard. Peux-tu compter ses feux?
Le nombre de tes fils égale les étoiles
Que le doigt du Seigneur fait scintiller aux cieux.

Puissants fils de Joseph, dans votre essor sublime,
Repoussez devant vous les peuples dispersés ;
Allez à Chanaan, en dévorant l'abime ;
Volez, comme l'aiglon, sur les monts abaissés.

JOSEPH.

O trésors infinis ! ô sagesse profonde !
Science du Seigneur, combien ton jugement,
Tes desseins éternels, qui gouvernent le monde,
Confondent des humains le triste aveuglement !

Devant ta volonté, ma volonté s'incline,
Voici mon cœur soumis pour accomplir ta loi :
Quels que soient tes décrets, ô puissance divine !
Sous ta main je me place et ne crains plus que toi.

CHANT DES VIERGES.

Heureux le jeune cœur qui mit sa confiance
Dans le secours du ciel, puisqu'on ne vit jamais
Cet espoir confondu par l'injuste puissance :
Dieu, comme d'un rempart, l'entoure de bienfaits.

Pervers ! c'est donc en vain que tu mets la victoire
Dans les armes, les chars, les coursiers de combat ;

Si Dieu n'est pas pour toi, pour toi n'est pas la gloire ;
Car Dieu tient le mortel, le soulève ou l'abat.

Pour vous, jeunes enfants, que la crainte tourmente,
Laissez dans le Seigneur votre âme s'épancher,
Comme, dans le péril, la colombe tremblante
Vient chercher le repos dans le creux du rocher.

JOSEPH.

Mais, quand me viendra la puissance
D'imposer aux peuples ma loi,
Daigneras-tu par ta présence,
Mon bon ange, veiller sur moi ?

Vois l'innocence immaculée
Qui dore le cœur des enfants,
Comme la fleur de la vallée
Brille et verse des flots d'encens.

Puis, ce doux trésor du jeune âge
Égale sa fragilité :
Que faut-il ?... Le poids d'un orage,
Un jour moissonne sa beauté.

CORYPHÉES.

Fleur bien-aimée,
Embaumée
Comme le lis, souvent le Seigneur t'a formée
Pour grandir opprimée
Sous l'aiguillon
Du buisson.

L'ANGE.

Auprès de l'enfant pur, l'ange a mis ses délices ;
Il veille nuit et jour pour le mener au port.
Oui, la main qui guida tes ans dans leurs prémices
Doit les guider encor jusqu'au seuil de la mort.

JOSEPH.

Tous mes vœux sont remplis, puisque ton diadème
Sur moi doit partager l'éclat de ses rayons.
Je sens que la candeur me fait ange moi-même :
Voilà, doux séraphin, le plus beau de tes dons.

CHANT DES VIERGES.

Flambeaux du firmament, solennelle phalange,
Du Dieu qui vous forma vous chantez la grandeur.
Pour nous, nous redirons la puissante douceur
Du Dieu qui fait surgir les grandeurs de la fange.

Mais qui peut à nos voix donner un digne essor
Pour louer tes bienfaits, divine Providence ?
Daignent les Immortels nous prêter la puissance
De l'hymne qui se chante avec leurs lyres d'or.

Et puisque le cœur pur doit porter la louange
Qui, montant jusqu'au ciel, peut seule te bénir,
Garde, pour te chanter jusqu'au dernier soupir,
Dans notre cœur mortel la pureté de l'ange.

CHŒUR GÉNÉRAL.

Dieu seul est bon, Dieu seul est grand !
Il venge l'innocence
Et la timide enfance....
Peuples, chantez son bras puissant !

Bordeaux. Imp. de J. Delmas, rue Ste-Catherine, 159.